KB020622

채석강을 읽다

## 강민숙

전북 부안 출생했다. 1992년『문학과 의식』으로 등
단. 시집에『노을 속에 당신을 묻고』『그대 바다에 섬
으로 떠서』『꽃은 바람을 탓하지 않는다』『둥지는 없
다』『채석강이 있다』등이 있다. 아동문학상, 허난설
헌문학상, 매월당문학상, 서울문학상 등을 수상했다.
명지대학교 문학박사. 현재 아이클리문예창작원을
운영하고 있다.

# 채석강을 읽다

강민숙 시집

실천문학사

■ 차례

# 제1부 미안하다, 후박나무

## 제2부 채석강을 읽다

## 제3부 월명암에 달이 뜬다

## 제4부 하늘이여 땅이여

| 제1부 |

미안하다, 후박나무

# 미안하다, 후박나무

미안하다
미안하다는 말조차 하지 못하고
살아온 내가 미안하다
너의 이름을 몰라
그저 나무라고만 부르고 다녔던
내가 미안하다
학교에 가서
네가 후박나무라는 걸 알았을 때
너를 호박나무라 부르며
마구 놀려먹었던 것이 미안하다
동네 사람들이
뜨락에 후박나무 심어져 있다고 하여
어머니를 후박 댁이라 부를 때
나무를 베어 버리자고
억지투정을 부려 미안하다
후박이 얼마나 좋은 이름이고
후박나무가 나무 중에

나무인 줄도 모르고

껍질 벗겨 엿 만든다고

발로 툭툭 차고 다닌 내가 미안하다

변산 마실 길 오르다

후박나무 군락을 이룬 너희들 앞에서

미안하다고 말 할 적에

너는 바람결에

괜찮아, 괜찮아

괜찮다는 그 말만 들려주었지.

# 명자나무

초등학교 시절
나와 손잡고 다니던
명자의 얼굴엔 그늘이 배어 있었다
고개 푹 숙이고
설핏 살얼음 낀 징검다리 개울 건너다가
발을 헛디뎌 옷이 흠뻑 젖었을 때도
아무 말이 없었다
갈아입을 옷이 없어 오들오들 떨기만 하던
명자는 초등학교 졸업식이 끝나자
공장 아저씨의 손에 이끌려
줄 끊어진 연처럼 아득히 멀어져 갔다
설날에 서너 번 얼굴을 보이던 명자는
내가 고등학교 졸업할 무렵엔
딴사람이 되어 있었다.
빨간 립스틱에
가슴골까지 패인 블라우스를 입고서
자신도 검정고시로

고등학교까지 졸업했단다

스물이 가까워지던 사월

결혼했다는 소식이 들리는가 싶더니

어느 날인가 실성하여

집을 나갔다는 소식이 들려왔다

그 남자가 나이도 속이고 학벌도 속이면서

명자의 코를 베어 가고 말았단다

가만히 눈 뜨고도 코를 베인 명자는

지금 명자꽃이 되어

내 곁에 와 있다

아직도 지우지 못한 붉은 립스틱으로.

# 찔레꽃

계집애가 찔레꽃처럼 헤픈 웃음 흘리고 다니면 안 된다던 우리 아버지. 산에 가셔 찔레꽃이 되었다. 돌무 덤 곁에 아담한 집 한 채 짓고 오월이면 자식들 보겠 다고 뛰어나와 서 계신다.

지나가는 또래 보면 얘길 하신단다. "가끔씩 전화라 도 좀 해 줘. 그 애는 잘못한 게 아무것도 없어. 혼자 사는 거 아무나 할 수 없는 거야".

제삿날 고향 집에 가면 나는 아버지 찾아 찔레꽃 그 늘에 앉아 있다 "비켜 앉아라. 가시에 찔릴라." 하시면 서 "핸드백에 작은 가위 하나 넣고 다녀라" 하던 당부 도 잊지 않으셨다. "세상에는 가시가 많단다. 가위가 없으면 가시에 찔려 피 흘리니까 내가 너의 가위가 되 겠다"고 하시던 아버지. 아버지가 찔레꽃이 되어 서 계 신다, 오늘도 늦은 달밤까지.

# 거시기 이야기

초등학교 동창생 거시기한테서 전화가 왔다. 다짜고 짜로 지금 거시기에서 만나자고 한다. 거시기도 나오 고 네가 좋아하던 거시기 친구 거시기도 나온다고 한 다. 그러면서 거시기 먹고 나서 거시기 가서 거시기하 게 놀자고 한다. 나는 집에서 거시기해야 하는 날이라 안 된다고 하자 거시기는 다음으로 미루라고 한다.

오늘은 참으로 거시기한 날이다. 시장에 갔다 오다 우산도 없이 비를 거시기하게 맞아 거시기까지 다 젖 어 기분도 거시기한데. 이 거시기 어떻게 풀어야 하나.

집에 가서 나 혼자 거시기라도 마셔야겠다. 거시기 가 없어도 거시기를 틀어 놓고 거시기하게 마셔야지. 야, 거식아 내가 만만한 홍어 거시기인 줄 아냐. 네가 나오라면 언제든 나가는 네 거시기인 줄 아냐고.

# 성황산 일기

그 옛날 소정방의 나당 연합군이
서해 물빛보다 누런
커다란 깃발을 앞세우고
산에 올랐다 해
상소산이라 불리기도 했다는
성황산을 향해
우리 어머니가 걷고 있다

소정방이 누구인지도 모르는
어머니가 주문처럼 외우는 이름은
성황이 아닌 성환이었다
백일장에 나가
성황산이라는 시로
장원 먹었다고
깃발처럼 상장 흔들며
대문짝 열고 들어서는
둘째 아들을 찾으러 산에 오르고 있다

마흔이라는

청보리 싹보다 시퍼런 나이에

훌쩍 세상을 떠나버린 아들을

성황사 대웅전 앞마당에 엎드려

목놓아 부르고 있다


오빠가 오르고

어머니가 올랐던 성황산

오늘은 내가 부성루에 올라

성황을, 아니 성환 오빠를 부르고 있다.

# 동진강은 알고 있다

뒤돌아보며 흐르는 강이 있다

이것은 아니라며

안으로 흐느끼며 흐르는 강이 있다

백제가 지나간 땅

그 넓은 들을 눈물로 적시며

서해로 흐르는 강이 있다

나라가 나누어지면

백성도 나누어진다는 것을

동진강은 알고 있다

천년을 두드려도 길을 열어줄 수 없다고

버티고 선 저 노령산맥 뒤로

살짝 뒷걸음질을 쳐

동쪽으로 흐르고 싶은 강이 있다

동으로 흘러, 신라의 땅 낙동강과

손잡고 싶은 강이 있다

함께 얼싸안고 춤추며

춘추와 계백, 소정방도

이제는 다 부질없다고
아쉬움으로 흘러가는 강이 있다
제 이름 지우지 못하고.

# 동진강 아버지

강은 거꾸로 선 나무라는 것을 초등학교 때 알았다. 학교에서 해오라는 숙제 때문에 지도책 펴놓고 알았다. 산이나 골짜기의 가지들이 강 나무라는 것을.

동진강 기슭, 백산 벌을 적시는 강 나무는 여름철 장마가 오면 황토빛 눈을 번득이며 둑 너머로 고개를 내밀곤 했다. 강기슭의 갈대들이 스크럼을 짜고 맞섰지만 기어오르는 강 나무의 세력을 막지는 못했다.

그럴 때면 아버지는 흙탕물 위에 배를 띄우고 투망을 던졌다. 팔뚝만 한 잉어를 번쩍 치켜들고 만세를 부르던 아버지의 외침은 지금 어디쯤 흘러가고 있을까. 강기슭 갈대들은 그날의 이야기를 기억하고 있을까. 동진강 강가 버드나무 밑에 가면 아버지의 만세 소리가 들릴 것 같아 멍하니 기다리지만 그때마다 어둠이 내 그리움을 감싸 주었다.

# 만적사

아버지가 태어난 땅은
어느 나라였을까
늘 먼 산만 바라보시다가
산속 우리 집 마당보다
더 넓은 마당바위로 가셨다
가슴을 치면 소리가 난다던 아버지는
마당바위 아래
배롱나무 한 그루 심어놓고
집 한 채를 지었다
어느 날 나무꾼이 산을 내려오다가
마당바위 위에서
두 노인이 바둑 두는 모습을 구경하다가
집에 돌아와 보니
마을도, 동네 사람도 다 사라졌다는
전설이 깃든 우금산 마당바위 아래에서
아버지는 신선이라도 되고 싶었던가
상서 뜰을 바라보며

가끔, 신선과 함께

바둑을 두고 싶었나

누가 이름이 왜 만적사냐고 물으면

입 꾹 다물고

미소만 짓던 아버지

오늘은 미륵불 앞에서 내가 묻고 있다

만 번이나 쌓고 싶었던 것이 무엇이냐고.

# 백합죽

합이 하나만 들어 있어도
친구가 되고 연인이 된다는데
합이 백이나 들어 있어
상합으로 여기는 조개가 있지

서해 변산반도 끝자락
바닷물과 민물이 만나는
줄포만 진흙 갯벌에서
꽃으로 피어나는 조개가 있지

눈발 치는 곰소항에 나가
오늘은 할머니 쌈지 닮은
백합 한 움큼 사다가
백합죽을 설설 끓이지

부추와 당근,
돌산 갓을 송송 썰어 넣고

조개 중에 으뜸이라 불리는
백합죽을 끓이지

백합죽 위에
볶은 참깨와 김 가루 솔솔 뿌려
할머니가 끓여 주던
내 어릴 적
백합죽을 끓여 보지

눈 내리는 동짓날
연인들끼리 서로 만나
백년해로하자며
손가락 걸고 먹던 백합죽을.

# 옻나무 사랑

얼마나 뜨거워야
꽃으로 피어날 수 있을까
만적사 가는 길에
잠시 바람결에 스친 인연의 끈
끝내 놓지 못하더니
열꽃으로 터지는 물집 앞에
밤새 두 팔로 무릎을 감싸 쥐고
어지럼증으로 시달렸다
눈을 감고 고개를 흔들어도
내 안에 들어와 꽃을 피우는 너
내 가슴에서는 다 한 색깔뿐이다
한때는 나도 너처럼
누군가에게 벌겋게 피어나는
꽃이 된 적이 있었을까
벌건 발진이 되어
내 숨결까지 다 삼켜 버린 사람의
온전한 사랑이 된 적이 있었을까

옻나무의 사랑은 뜨겁다

스치는 손길도

마주치는 눈빛도 흘리지 않고

붉은 꽃을 피우며

밤새 사랑하자고 속삭인다

길에서 길에게 묻는다

옻의 올가미를 빠져나갈 수도

비켜설 수도 없는

길이라면

내가 그의 열꽃이 되고 싶다고.

# 꽝꽝나무를 보며

한여름 소나기처럼
시원스레 사는 나무가 있습니다
하고 싶은 말
몽땅 다 쏟아버리고
너털웃음으로 사는 나무가 있습니다
아궁이에 들면
지축을 흔드는 나무
바람난 남녀 모두 잡아다가
꽝꽝 머리 두들겨 주고
빙긋이 미소 짓는
그런 속 깊은 나무들
모여 사는 곳이 있습니다
변산반도 중계에 가면
꽝꽝나무들에게
내 마음 들킬까 봐
발길 돌리려다
다시 꽝꽝나무 곁으로 갑니다

깊이 머리를 숙이고 갑니다.

# 통지표

초등학교 4학년

여름방학에 통신표 받아들고

선생님에게 물었다

염세주의자가 뭐예요

머뭇거리며 대답을 피하는 선생님

아버지에게도 같은 물음 내밀자

고개만 갸우뚱하는데

그 말을 모르는 것 같았다

몸이 허약해 아이들과 잘 어울리지 못하고

혼자 책만 읽어서 그랬을까

초등학교를 졸업 할 때까지 꼬리표처럼

나를 따라다니던 염세주의자

지금도 나를 흔든다

붉은 인주로 머릿속에다

꽝 찍어 놓았던 낙인을

지우기 위해

비 오는 날이면 가끔

미루나무 밑에서

흠뻑 비를 맞는다.

# 아버지

아버지는 요령잡이였다
이웃 동네 초상나면
달려가 상여 이끄는 상두꾼이었다
꽃상여 앞에 서서
구슬픈 남도 가락 상여가를 뽑아내면
구름도 멈칫 돌아보는 상두꾼이었다
아버지의 절절한 고별가는
눈물이 되어 상여를 붙잡았고
죽음이 뭔지도 모르는 일곱 살배기 나는
망산을 지나 이평면까지 요령 소리에 묻혀
주절주절 따라가곤 했다
망자가 못다 한 말
아버지는 어찌 다 알았을까
서러운 망자의 넋을 달래 주며
음유 시인인 아버지가 산에 올랐다
한 맺힌 상여, 흰 구름 따라
산을 넘고 남도의 황톳길은

아무 일도 없었다는 듯
어제처럼 그렇게 누워 있었다
세상 다 안다는 듯이.

# 고치의 집

집을 짓고 싶었다
학교에서 돌아와 뒷산 뽕밭에 올라
뽕잎을 따면서
나도 연푸른 뽕잎을 따 먹었다
오디가 시커멓게 익는 날이면
뽕잎보다 먼저 오디를 따 먹고
고개 푹 숙이고 집에 들어가면
어머니는 나를 바라보며 빙긋이 웃었다
재빨리 방에 들어 거울 보니
내 혓바닥은 자줏빛으로 물들어 있었다
나는 몇 번이나 더 잠을 자야
명주실 뽑아내는 누에가 될 수 있을까
꿈속에서 나비 한 마리
자줏빛 날개 파닥이며
내 머릿속을 날아갔다
나도 고치 집 올올이 풀어 따라가면
어릴 적 내 어머니를 만날 수 있을까

나비가 되어

날아가 버린 내 어머니를.

# 옥잠화

어머니가 담장 밑에
심어 놓은 옥잠화

장독대 틈서리 비집고
꽂꽂이 일어나
하얀 웃음꽃 피워낸다

흔들흔들 하늘이
무겁기만 하다

꽃대궁 타고 앉은
하늘, 파랗게 질린다.

# 감나무

상서 감교 마을
태풍이 지나가고 있어요
살아남기 위해
감들이 가지를 따라 흔들려요
감나무 이파리 위에 붙은
벌레 한 마리
감잎과 함께 흔들흔들
태풍을 타고 있어요
매달려 산다는 것은
태풍의 속도에 맞춰
흔들리는 일이라며
신나게 춤을 추고 있어요
내일은 내일의 태양이 뜬다고.

# 애기똥풀

꽃이 되어 본 적 없는
사람들아 이름
함부로 짓지 마라
지어 부르지 마라

저 앙증맞은 풀꽃 앞에
쪼그리고 앉아
구름이 와서 놀다 가고
바람이 쉬어 가는 것을 보아라

까르르 까르르
애기똥풀의
작은 웃음소리 안
온 우주가 밝아 오는 것을 보아라

오월 고마제 길에
샛노란 애기똥풀과 아이들

하늘만 보고 까르르 웃고 있다

여기가 바로 천국이라고.

# 배롱나무

푸른 달밤이었습니다

어디선가

까르르 웃음소리가 들려왔습니다

문 열고

그 웃음소리를 따라가 보니

앞마당에 심어 놓은

배롱나무 앞이었습니다

누군가 몰래

간지럼을 태웠나 봅니다

뽀얀 알몸에

수줍은 듯 발그레 꽃을 피워 올린

목백일홍이 목을 젖히며 웃고 있었습니다

어머니가 시집 와 심었다는 나무

이순을 넘긴 탓인지

바람결에도 아가처럼 웃어 줍니다

온 마당을

환히 밝히면서.

# 모란

고향 집 화단에 핀 모란
봄비에 촉촉이 젖어
얼굴 연자주빛 입술이다

바라만 볼 수 없어
가만히 다가가 보니
나보다 먼저
벌 한 마리가 날아든다

모란꽃 부끄러운지
발그레 입술 떨고 있다
속살 감추지도 못하고.

# 메타세퀘이아

상서에 들면 서로 마주 보며
나란히 걷는 나무가 있다
종일 걸어도 제자리인 줄도 모르고
하늘만 쳐다보고 걷는 나무가 있다
평생을 두고 걸었어도
옆 동네 한 번 못 가 본 나무
제 자리에 서서
오늘은 묵묵히 하늘 길 걷고 있다
별빛이 꽃으로 피어나는 밤이 오면
제 발등을 가만 내려다보며
곧아야만 오를 수 있다는 하늘 길
사막을 건너는 낙타처럼
타박타박 걷고 있다 저기(猪基) 마을
마침내 사월이 오면
청보리 들판 야단법석인데
선비처럼 빗물에 타는 목을 적시며
걷고 또 걷고 있다 종일 차렷 자세로.

# | 제2부 |

채석강을 읽다

# 채석강을 읽다

저자 불명의 책이 있었다. '변산반도'라는 출판사의
이름은 책 뒤표지에 선명하게 찍혀 있었지만 정가는
없었다. 출판사에 물어보면 저자를 알 수 있으리라는
생각에 인터넷으로 '변산반도'라는 출판사를 이리저리
검색해 보았지만 그런 출판사는 없었다.

현장에 가서 수소문해볼 수밖에 없어 변산반도에 있
는 채석강을 향해 차를 달렸다. 그곳에는 국립공원 변
산반도라는 안내 표지판만 우뚝 서 있었다. 지은이도,
정가도, 파는 사람도 없었다.

어쩔 수 없어 노을 지는 변산 바다만 바라보고 있는
데, 파도가 달려와 '채석강'이라는 책을 읽어 보라 했
다. 첫 줄도 못 읽어 쩔쩔매고 있는데 괭이갈매기 한
마리가 휙 날아와 끼룩끼룩 첫 장부터 읽더니 붉은 놀
속으로 사라졌다. 이태백은 보이지 않고.

# 곰소 염전

꽃은 산이나 들에만
피어나는 것이 아니라
바다에도 피어난다는 김씨
수차로 바닷물 퍼올려
소금밭에다 심어 놓으면
바람 좋고, 볕 좋은 날
이곳에서 꽃이 피어난다고 했지
뭉게구름 같은 꽃이
둥실둥실 피어나는 날이면
김 씨는 한 마리 나비가 된다고 했지
꽃밭 위를 날아다니며
더듬이 손가락으로 콕, 찍어 맛보고
꽃묶음을 만든다고 했지
바다의 꽃은 하얀 결정으로 빛나면서
간간한 맛으로 녹아든다고 했지
그렇게 소금꽃이 되어
우리들 입맛을 북돋우어 주다가

염전 바닥에 다시 엎드려

곰소 젓갈로 피어난다고 했지

살맛나는 맛으로.

# 내변산

산은 저 혼자서 웁니다

몰려든 사람의 발자국들
밤새 지우며

내변산은 저 혼자
몰래 안으로 웁니다

산짐승들 꼭 부둥켜안고서.

# 부안의 아침

저기 아침이 온다

만경 벌 너른 들판 위로

징징 햇살을 쏟아내며 온다

덩실덩실 어깨춤으로 온다

동진강 맑은 물결 따라온다

낮게 친 울타리에

대문 활짝 젖히고 사는

부안 사람들

구릿빛 팔뚝에서 온다

산과 강과 바다가 만난

변산반도 끝자락에서 온다

바다가 책을 읽는 채석강에서 온다

어둠을 넘어

푸른 새벽의 이마로 온다

사람 냄새 물씬 풍기며

부안의 아침은

늘 그렇게 온다.

## 고마제

저수지 속으로 첨벙 뛰어 든 달
몸이 반쯤 뜯겨 나가
모로 선 채 저수지 위를
걸어가고 있었다
뒤뚱거리지 않고
소리 없이 그곳을 건너가고 있었다
애초에 정거장이 없기에
달이 멈추지 않는다고 말하던 사내
어느 이슥한 밤,
달을 따라 몸을 던졌다
갈대가 머리 풀어 서걱서걱 울었다
둑길 위 가지런한 신발 한 켤레
가을비 가득 담아 놓고선
아무 말이 없었다.

# 채석강, 돌멩이

장마철 지난 뒤 채석강 거닐다가
거꾸로 처박혀
배를 허옇게 드러내 놓고
잠에 빠져 있는 돌을 본다
돌은 옷을 입지 않고
그저 물방울 몇 점
등짝에 찍어 바르고 산다
가릴 것 어디 있느냐며
물소리나 세며 산다 가릴 것 많아
옷 껴입는 사람들 바라다보며
잠에 든 돌의 침묵이
내 안으로 깊이 들어와
꿈속에서 꿈속으로 걸어가고 있다.

# 첫사랑
—덕신리 미루나무 앞에서


우리 둘 사이 사랑을
거리로 잰다면 얼마나 될까

갑작스런 그대 질문에
나는 눈만 깜빡이고 있었지

사랑이란 말만 들어도
말문까지 막히고 마는

그 사랑을 어떻게
거리로 잴 수 있을까.

사랑할 때의 거리와
사랑하지 않을 때의

거리가 다르다면
그 거리는 얼마나 될까

내 손가락은 어느새

그대 입술을 가리키고 말았다.

# 구암리 지석묘

살아서는 오르지 못한다는
거북 등에 올라
만 년을 사는 사람들이 있다
부안 구암리에 가면
거북을 닮은 넙적 바위
머리에 이고
눈보라 폭풍우를 이겨낸
이름 모를 사람들이
들판 가운데에 옹기종기 누워 있다
덮개로 덮은
거대한 바위는 죽어서만 쓰는 관,
네 모퉁이 굄돌 고이고
관의 무게를 견디어내고 있다
들녘에 노을이 깔리면
비둘기 몇 마리 날아와
지석묘에 조, 수수, 청보리 이삭
넘치게 차려 놓고

부리로 톡톡 쪼아 먹다 가는
그들만의 밥상이다 그것은
대대로 물려온 만찬장이다
새들에게는.

## 청자 가마터

푸른빛이었나 녹빛이었나
다시 돌아보니, 연푸른빛이었다
나라는 기울어 가는데
마음 둘 곳 없는 도공들
유천리에 모여 물레를 돌리고 있었다
물에 가라앉은 흙의 분말들
맨발로 짓이겨
틀 위에 얹어 놓고 도자기를 빚었다
음각, 양각, 상감을 더해
연꽃, 국화, 구름의 문양에
파초 잎 타고 앉은 두꺼비까지
유약을 고르게 발라
접시와 술병, 연적과 매병을 구웠다
비취색의 하늘빛 올려다보며
가마에 장작불 지폈다
하루, 이틀, 사흘 낮 밤 뜬 눈으로 지키고 앉아
눈빛보다 맑은 영혼으로

고려의 청자를 빚고 있었다

천 년이 지나도 변하지 않을 빛

상감을 굽고 있었다

깨어져 흩어진 파편들

깊이 들여다보면

백옥 같은 도공의 숨결을 들을 수 있다.

# 위도 띠뱃놀이

우리만 잘 살자는 것 아니여. 이렇게 배만 탄다고 우리가 못 배우고 막된 뱃사람들인 줄 알면 천벌 받을 일이여. 용왕님 입장에서 한 번 생각혀 봐. 바다라고 해서 아무 허락 없이 들어가 애지중지 키우는 지 새끼들 마구 잡아가는 것, 용왕님이 모른 척 허겠는가. 인간들은 자기들 집 지어 담이나 울타리 쳐 놓고 살면서 누가 막 들어오면 도둑이라고 난리법석 떠는 것 용왕님도 다 알 것이여. 그리고 땅에다 금 그어 놓고 자기 땅이라고 샀다가 팔았다가 허면서 틈만 나면 값 올려 파는 짓거리 용왕님이 모른다고 생각하면 큰일 나지. 아무리 용왕님 마음이 바다같이 너그럽다고 혀도 섬 것들이 날이 날마다 따순 밥 먹고 사는 거 다 용왕님 덕분이지. 만약 버르장머리 없이 행동하다가는 일 년 내내 조기 새끼 한 마리 구경하지 못한 당께. 용왕님이 크게 한 번 기침하는 날이면 배가 다 뒤집어지는 것은 일도 아니여. 우리가 용왕님 눈 밖에 나면 그 날이 우리 제삿날 인디. 긍게 음력 정월 초사흘에. 위도 대리 마을 뱃사람들이 모여 띠풀과 짚과 싸리나무로 띠배를 엮어서 그 안에다가 돼지고기와 떡이나 과일을 잔뜩 실어 허제비랑 태워 칠산 바다 용왕님께 허락받는 것이여. 가세. 가세. 어서 가세. 오방색 깃발 돛 높이 달고 용왕님 전에 어서 가세. 일 년 삼백육십오 일 하루같이 굽어 살피시어 살찐 황금 조기. 뱃전을 넘쳐나게 주옵소서. 비나이다. 비나이다. 용왕님 전에 비나이다.

# 위도 흰상사화

그리워할 이유도 없었습니다

그리워할 까닭도 더더욱 없었습니다

고슴도치를 닮았다는 위도

늦더위가 한풀 꺾이는 팔월 하순

흰 상사화 길 따라나선

먼 나들이길입니다

이제는 돌이킬 수 없는 길이라는 것을

다시는 돌아갈 수 없는 길이라는 것을

흰 상사화를 보고 알았습니다

바닷바람에 넘실대는 흰 파도가

설레설레 고개 저으며

다 부질없는 일이라며

기다림도 그리움도

다 잊어버려야 할 일이라며 가슴을 토닥입니다

어디선가 날아온 잠자리 한 마리

꽃대궁 위를 빙그레 돌다가

내 머리맡에 가만히 내려앉습니다.

# 줄포 생태 공원

지구의 시간 거꾸로 돌려놓고
가을날 고향집 마당 멍석에 널어놓은
고추보다 더 붉은 빛으로
내 앞에 앉아
수억 년의 시간을 묻는
너는 누구인가 일 년에 한 걸음씩 걸어
지구 한 바퀴 돌아와서야
만나게 되는 너는 대체 누구인가
갯벌 짠 내음에
갈대조차 무서워
발 담그지 못하는 서해 소금밭에서
5억 년의 저녁노을 이야기를 들려주는
너는 누구인가
쿵쿵 다가서는
공룡의 발자국소리와 시조새가 나는 하늘을
지금도 그리워하고 있는가 너는.

# 줄포

초가을 갈대가 허옇게 머리 풀어헤치고 우우, 모여
밭이 되고 숲이 된 줄포만 갯벌에서 흔들리며 생각한다

갯바닥을 덤벙덤벙 뛰어가던 짱뚱어 사람아

너도 흔들리며 살지 않느냐고 멀거니 나를 바라보다
가 한마디 툭 던지고 사라진다 뒤돌아보지도 않고.

## 변산 바람꽃

봄은 출발선이 없다는 것을
아는 꽃이 있다
발이 얼어붙어 뛰지 못한다며
다들 호들갑 떨고 있을 때
봄 냄새보다 먼저
달려 나오는 꽃이 있다
변산반도 양지바른 산등성이에
납작 엎드렸다가
지나가는 바람의 등짝에
훌쩍 올라 타 가쁘게 달려 나온 꽃
뽀얀 연둣빛 얼굴로
방긋 미소 짓다가
변산 바람꽃이 진다
내 안을 온통 흔들어 놓고.

# 동진나루

전라북도 부안에 드는 일은
동진강을 거슬러 오르는 일이다
남에서 발원해 북으로 흐르는
동진나루터를 밟는 일이다

거기 소담한 돼지고기 국밥집
빛바랜 툇마루에 걸터앉아
한 그릇 훌훌 말아 먹고
수랑 뜰 지나 주산, 학당 고개 오르다 보면
부안 들판을 만날 수 있다

조선, 고려로 거슬러 올라가 보면
그믐이 드는 날
나루터 사람들 서해 내려다보는
산등성에 올라
기다리다 야밤에 기어오르는
왜구의 노략질 막아야 한다

닥치는 대로 불 지르고
약탈하는 야만 앞에
가족들과 양식을 지켜내기 위해
온몸으로 싸워야 한다

동진 나루 물길 따라
걸어 오르다 보면
나루터 사람들의 눈물이 밟힌다
밀려왔다가 다시 밀려나가는
썰물 같은 아픔이 보인다
동진나루를 밟고 서 있으면.

# 직소폭포

물이 곧게 선 모습
전나무보다 더 곧게 선 자태
그대 보았는가
장좌불와, 저 지존의 경지 앞에
어느 누가 맞설 수 있겠는가
밤낮없이 직필로 쓴
말씀, 말씀들
쏟아내고 있는 직소폭포
본옥담에 발 담그고 앉아
마음 한데 모아
지긋이 먼 세상
내려다보고 있는 직소폭포
맑은 날이면
가끔 물보라를 일으켜
무지개 한 줄기 띄워 놓고서.

# 덕신리를 지나며

호남평야의 끝자락 길
백산 덕신리를 지나간다
차창 밖으로 보이는 풍경
낡은 헝겊 조각 같다
전깃줄을 꿴 전봇대는
차창에 스치는 만큼
바느질이 한창이다
저 옷 다 지으면 누가 입을까
참새들 조잘대며
한 땀 한 땀 기워낸 풍경
날마다 다른 옷이다
바람이 다리미질한 들녘 끝
첫 버스를 타고 가서
서둘러 가을을 입고 싶다.

| 제3부 |

월명암에 달이 뜬다

# 월명암 낙조대

어릴 적 선생님이 수업시간에

낙조를 본 사람이 있느냐고 물었다

아무 대답이 없는 우리들에게

선생님은 낙조를 보러 수학여행을 떠나자고 했다

나는 동물원으로 가

타조도 보고 낙조도 보는 줄만 알았다

선생님은 토요일 아침

편지 봉투에 쌀 한 봉지씩 담아 오라고 했다

나는 낙조에게 줄 모이가 쌀인 줄 알고

두 봉지나 넣어 학교로 갔다

선생님은 버스에서 내려

2킬로만 가면 된다고 하셨다

낙조라는 새는 어떻게 생겼고

어떻게 우는 것일까

선생님은 낙조는 정말 아름답다며

계속 산을 오르고 계셨다

그때 눈앞에 나타난 것은

낙조가 아니라 월명암이라는 절이었다
절에서 스님이 낙조를 키우고 계실까
절간 어디에도 새장은 보이지 않았다
낙조의 울음소리도 들리지 않았다
선생님은 가지고 온 쌀 봉투를
대웅전 시주함 위에 올려놓고
낙조가 나타날 수 있게 절을 하라고 했다
떨리는 마음으로 공손히 절하고
대웅전 마당에 서니
멀리 보이는 것은 산뿐인데
선생님은 눈을 감고 낙조가 어떤 새인지
마음속으로 그리다 눈을 뜨라고 할 때
뜨면 낙조를 볼 수 있다고 하셨다
눈, 떠! 바로 그 순간
내 눈앞에 펼쳐진 것은 노을이었다
노을 속으로 해가 떨어지고 있었다.

# 내소사에 가면

여보시게 내소사 가시거든
대웅보전에 들기 전
현판을 한번 올려다보시게
대웅보전이 덩실거리며
춤추고 있는 것 보게 될 걸세
먼저 신발 가지런히 벗어놓고
꽃살문 향 내음 따라
부처님 전에 춤추듯 삼배 올리고
합장한 채 고개 들어
천장을 올려다보시게
백의의 관음보살 지휘 아래
장구와 북, 나팔 소리 맞추어
바다에서 꽃게가 나와 춤추고
해금, 비파, 아쟁 선율에
쌍 지어 추는 학의 춤사위
연꽃마저 벙긋 미소 짓는
천상의 합창 소리 들릴 것이네

극락은 춤의 세계라는 것을
가만히 앉아서도 엉덩이 들썩이는
문수, 보현보살을 보면 알 걸세
천 년의 시간이 빚어 놓은
내소사 대웅보전은 한바탕
춤마당이라는 것을 알게 될 걸세.

# 개암사

우금 산성 정상에 서 있는

토끼 귀 닮은 울금 바위

귀를 쫑긋 세우고

천년 바람 소리를 듣고 있다

속세의 죄 모두 벗어 던지고

윤회도 끊어야 한다며

사천왕, 눈 부라리며

발끝까지 뒤지고 있는

석가산 개암사 앞에서

어머니는 발길을 돌리자고 했다

벚꽃만 보면 되었다고

대웅보전 멀찍이 올려다보며

휠체어에 앉아

합장만 올리던 어머니

그날 어머니가 이곳에서

마음속으로 굳게 한 다짐

왜 나는 몰랐을까 벚꽃이

지는 날 가시겠다는 그 다짐.

# 성황사

이른 봄 길을 잡아
서림 공원 든다
편백나무 곧은 몸매에 기대어
걸어온 길 돌아다본다
성황산 담장 길 따라
일주문에 들어서자
마주친 대웅전 처마 끝 풍경
바람결에 졸면서
세상사 다 안다는 듯
깃털처럼 가볍게
구름다리 건너가라 한다
그래도 뭔가 아쉬워
대웅전 뜰 앞 나무처럼 서 있다가
빛바랜 법전에
무릎 꿇었다 일어나니
눈앞에 몇 백 년의 세월
우두커니 서 있다.

# 실상사 앞 인장 바위

이름을 묻지 않아도
그깐 사람들 이름쯤이야
눈감고도 다 안다는 바위가 있다
내변산 공원 거슬러 오르다 보면
천왕봉 마주한 산 중턱에
떡 버티고 앉아
모두가 하늘의 아들딸이라며
수수만년 지켜온 바위가 있다
도장 한 번 번쩍 들었다 놓으면
한 왕조가 바뀐다는
인장 바위 앞에서
역사를 바꾸겠다는 사람들과
새로 써야 한다는 사람들이
실상사에 모여 앉아
백일기도 드릴 적에
미륵보살님의 목소리……
물소리 따라 가다 보면

역사가 바뀐다며

흘러가는 것이 역사라고

물같이 그렇게 흘러가라 한다.

## 줄포만 강씨 할배

먼 바다로는 한 번도 나가 본 적 없는
갯바닥 들고 나는 물때나 보고
평생 살아온 강씨 할배의 직업은 어부다
그을린 얼굴은 늘 갯빛이다
오징어 내장 속같이 시커먼
갯벌 바닥을 훑으며
낙지와 꼬막 캐며 살아온
그의 깊은 주름살은 갯 물길이다
막걸리 한 잔 들이키고
마른 새우 한 마리 씹으며
"나는 갯내음이 몸에 꽉 배겨
어디도 안 간당께
고향 버리고 떠난 사람치고
고향 그리워하지 않는 놈이 어디 있어
소라 고동처럼 배배 꼬인 세상
욕심 부린다고 맘대로 되는 게 아니랑께"
오늘은 왠지 강씨 할배 말이 그립다.

# 서동진 한의원

어깨가 뭉치는 것을 몰랐다. 어느 순간 서로 눈이 맞아 뭉쳤는지 모르지만 그 사실을 물컵을 들다 알게 되었다. 그동안 좌, 우로 자리하고 있어 서로 다른 줄로만 알았던 어깨가 힘을 합해 뭉친 것이었다.

서동진 한의원에 갔더니 뜸을 뜨자고 한다. 커튼으로 가려진 침실. 나는 상처 난 짐승처럼 납작 엎드려 피어오르는 쑥 향기를 맡고 있었다. 서서히 달아오르는 뜸의 열기가 뭉친 어깨 속을 파고들었다. 나는 냄비 속에 든 개구리처럼 뛰쳐나가지도 못하고, 눈만 연신 껌벅이고 있었다.

고체덩이가 된 어깨가 하나 둘 물방울로 풀려나는 사이. 어깨동무는 할 수 있어도 손을 맞잡고 뭉쳐서는 안 된다는 것을 알게 되었다. 그러면서 어깨를 휘휘 저어보기도 하고, 앞으로 나란히도 해보았다. 쑥 향기 속에 가지런히 뻗은 두 팔이 나보다 먼저 커튼을 열었다.

# 마실 길의 하루

길을 나섰습니다 길을 가다가
혼자는 외롭다는 것을 알았습니다
마실 길 걷다 풀밭에 앉아
그대 마냥 기다렸습니다
한 사람, 두 사람이 지나가고
사람들이 자꾸 지나갔습니다
하늘과 변산 바다가 한 몸이 되어
저녁노을로 물들어 가고
멀리 산들이 먹빛 옷으로
갈아입었습니다 나도 일어나
지나간 사람들이 그리워
그 길 따라 걸어갔습니다
멀리 소쩍새 울음소리 따라
걸어가는 밤길, 너무 멀기만 했습니다.

# 겨울 연가

K야 백산 들판에 눈이

펑펑 내리는 날이면

우리 차를 몰고 고향으로 가자

들판 한가운데

차를 세워 놓고

함박눈이 하얗게 창문에 쌓여

앞이 보이지 않을 때

K야 우리 비둘기처럼

날개 부비며 노래 부르자

추억이 없는 사랑은

사랑이 아니라는

어느 노 시인의 말을 되새겨 보자

둘만의 시간을 위해

눈 내리는 날이면

K야 차를 몰고 백산 들판 길

내달려 보자 흰 눈발이

우리를 지우는 순간을 위해.

# 여자는

여자는 여자가 거울이라는 것을

초등학교 동창 모임에 가서

알지요 고향에 사는

희숙이, 옥자를 보면

나의 거울이 된다는 것을

머리가 희끗희끗해지면서 알지요

여자는 땅바닥이

거울이 아니라는 것을

잘 알고 있기에 고개를 숙이고

걷지 않지요 여자는

오로지 여자를 넘어서기 위해

거울을 보지요 길을 가면서도

담장을 기웃거리듯이 거울을 보지요.

# 울지 마

내 울음에는 소리가 없다

여자는 입술 앙다물고

속으로 울어야 한다고

눈물 흘릴 수는 있지만

소리를 보여서는 안 된다고

소나기가 미친 듯이 양철지붕을 때리던 날

엄마는 일곱 살배기

내 종아리를 걷고는

회초리를 치며 가르쳤다

한 달 넘게 돌아오지 않는 아버지를

보고 싶다고 했던 말이

엄마에게 못이 되었을까

어느새 여든을 훌쩍 넘긴

엄마가 운다 오늘은

산으로 간 아버지 보고 싶다고

여자는 소리 내어 울어선 안 된다던

엄마가 성모 병원 병실에서

소리 내어 운다 나를 붙들고.

# 포장마차

격포 포장마차 수족관의 세발낙지
서로 뒤엉켜 아우성친다
주인장 만 원에 네 마리
내 눈앞에서 건져 올린 낙지들
싹둑 머리를 자른다
도마질 소리 잠시 요란하다
기름장에 소주 한 잔 받아 놓고는
발버둥 치는 삶을 천천히 씹는다
온 힘을 다해 처절하게 달라붙는
저 마지막 생명의 아우성
어물쩍 씹어 넘기는데
소주병보다 더 시퍼런 격포 앞바다가
철썩거리며 달려와 내 안을 후려친다
앗, 참을 수 없는 현기증이 인다.

# 굴, 사랑

우리, 아무도 모르게
둘이서만 속삭여 보자
누구도 들여다볼 수 없는
채석강 바닷가에서
일렁이는 파도를 타며
우리끼리만 아는 사랑을 하자
해 뜨는 아침부터
저녁놀 물들 때까지
나는 너의 마음속에
너는 나의 눈빛 속에
둥지를 틀어보자 꿈을 키워 보자
입 꼭 다물고 눈빛으로만
사랑을 주고받으며
우윳빛 마음으로 서로를 꼭 붙잡고
다 함께 노래 부르자
우리의 꿈을, 우리의 희망을.

# 다른 반도
—고향 1


사람들아 누가 알기나 했으랴
우리 사는 한반도에
또 다른 반도가 있다는 것을
외변과 내변을 한 품에 안고
산과 강, 바다가 어우러져 빚어낸
천혜의 땅 부안이 있다는 것을
바지락 걸쭉한 목소리로
성아, 동상을 찾는 사람들
아이구야, 거기 내 고향
부안 사람들 아니었겠는가
황토 바람 휘몰아치던 동학년 어느 날
무명베 찢어 머리띠를 묶고
백산에 올라 목이 터져라 외치며
앞을 향해 뛰쳐나가던
동학 농민의 후예 아니었던가
돌아보면 피를 나눈 형제자매들 아니었겠는가
우리 서로 부둥켜안고

덩실덩실 춤이라도 춰보자

부안 땅, 내 고향 사람들아.

# 오래된 꽃
—고향 2

소리 없이 피는 꽃이 있다
엎드려 향기를 피워 올리는 꽃이 있다
길게 드러누워 길이로만 피는 꽃이 있다
뿌리 없이 떠다니는 꽃이 있다
꽃은 소리 없이 피는 사랑이다
향기를 피우는 사랑이다
길이로 피어나는 사랑이다
어둠 속에서도 홀로 피는 사랑이다
이곳저곳 떠다니며 피어나는 사랑이다
그림자는 사랑의 이름으로 핀다
어둠의 이름으로도 핀다
누가 보아주지 않아도 핀다
아무리 지워도 끈질기게 핀다
날마다 피었다가 날마다 진다
눈부시지 않아 오래도록 바라보아도
서늘한 내 고향아 너는 내 사랑이다.

# 기도
—고향 3


지나온 사연, 지나온 얘기

발자국으로 쌓여

산이 된다는 생각이어라

땀방울이 모여

강이 된다는 생각이어라

그저 가만히 앉아

귀로만 듣는 이야기가 아니라

뜀박질로 달려가 캐낸

바지락 같은 숨소리이고

푸른 등 펄떡이는

전어 같은 추억이어라

변산에서 새만금까지

곰소에서 직소까지

어디 하나 숨결이 끊이지 않는

곰삭은 젓갈 내음

정에 푹푹 익고 익어

흥건히 젖어 들어라

새만금이 억만금 될 때까지.

# 이름들
―고향 4

우리가 걸어온 발자국
한발 한발 뒤돌아가다 보면
반가운 얼굴들 만날 수 있지
한꺼번에 만날 수 있지
지우면 지울수록
새록새록 살아나는 이름들
모여 사는 곳 있지
만나면 금세 누이가 되고
오라버니가 되고, 형님, 동생이 되는
내 정겨운 사람들
직장을 찾아, 사랑하는 남편과 아내를 좇아
경향 각지로 길 떠나며
얼마나 그리워했던가
내 어머니 같은 고향의 흙 내음
얼마나 들이키고 싶었던가
산과 들, 강과 바다
하나로 손잡고 있는 부안을

우리 한순간인들 잊기나 했던가
이제 돌아와 가만히 불러본다
내 마음 속 뜨거운 이름들.

# 은유의 편지
## ―이안실 앞에서 1


백산 대수리에 가면

토담을 두른 우거 한 채

만날 수 있다 조선 독립

이루지 못한 자신을

스스로 죄인이라 여기며

얼기설기 지은 집 마당 앞

매화나무 한 그루 심어 놓고

친구처럼 지낸 지운 선생

독립운동 하는데

이념의 색깔이 무슨 문제냐며

독립만을 외치며

부끄러움 없이 사신 당신

매화가 피면 함께 보자던

그 깊은 은유의 편지

꽃이 좋아, 늘 꽃을 들고 다니시던

지운 선생님, 지금은

풀벌레 소리로 백비(白碑) 뒤

조용히 누워 계시네.

# 꽃나무 할아버지
—이안실 앞에서 2


나는 이름이 없습니다

더 이상 꿈이 없어

이름을 지워 버렸습니다

지워 버린 이름 위에

꽃나무 한 그루 심었습니다

이제는 꽃나무가 내 이름입니다

가방에 꽃나무 묘목

몇 그루 넣어가지고

이 집 저 집 들러

내 이름을 나누어 줍니다

꿈이 없어도

꽃나무에 꽃이 피면

내 이름도 필 것이라 믿으며

꽃나무를 심어 주러 다닙니다

바람 속에서 피는 꽃을.

# 백산학원
—이안실 앞에서 3

오곡리 백산 중고등학교에 가면
지천명의 김철수 선생을 만날 수 있다
한 아름으로는 안을 수 없는
어깨 넓은 느릅나무를 만날 수 있다
우리의 교육은 나무를 키우는 일이라며
뿌리 깊은 나무가 되어야 한다며
손수 심으신 느릅나무
한여름 푸른 그늘 드리우고 있다
선생님의 말씀 맴맴맴 들려주고 있다
그깟 통일 무엇이 어려워 못하느냐며
너희가 통일의 주인이라며
서로가 조금씩 낮추면 물길이 트이고
한반도의 바다와 하늘길이 열리는데
무엇이 두려워 못 하느냐며
선생님은 아직도 귀가 쟁쟁거리도록
맴맴맴 매미 소리로 통일노래를 부르고 있다.

## | 제4부 |
하늘이여, 땅이여

# 만석보 위에서
—동학농민혁명 1


보에도 속셈이 있었나 보다

흐르는 강줄기 막아 둑을 쌓고

물을 가두면

백성이 한 줌 손아귀에 든다는 것을

병갑이는 어떻게 알았을까

호남의 젖줄 한 손에 움켜쥐고

고혈 한 방울까지 짜내어

그 누구에게 바치고 싶었을까

수탈과 약탈로

넘실거리는 만석보를 보며

고부 군민들의 분노가

횃불로 활활 타오르던

그날, 동학의 불씨는 삼남을 덮었어라

관아의 곡간을 헐어

환곡 미 한 바가지씩 나누어

저녁밥을 지어 먹을 때

얼마나 서럽게 울었을까

백성이 먼저라는 것을

만석보 위에 서 본 사람은 알리라

백성이 혁명의 힘이라는 것을.

# 백산대회
—동학농민혁명 2

농사를 지어 무엇 하랴
거두어 봐도 내 것이 아닌 탐관의 나라
부패와 부정으로 뒤덮인 산과 들

이제 우리는 무엇을 보고 살아야 하나
죽어서 사는 일이라면
망설이지 말고 벌떡 일어서야지

누가 우리를 반역이라 하겠는가
혁명의 날은 밝아 왔다
호남 창의의 깃발, 우리가 높이 들자

봉건과 제국을 몰아내고
보국안민의 나라를 일으켜 세우자
누구도 넘볼 수 없는 백성이 주인인 나라를.

# 『홍재일기(鴻齋日記)』*

—동학농민혁명 3


갑오년 3월, 조선의 남녘을 휩쓸던

동학의 불길을 보았는가

누런 흙먼지를 일으키며

벌떼처럼 모여든

4천 농민군의 함성을


25일, 날이 화창했다 서풍이 불었다

동학교도들이 모여

고부 군기창을 덮쳐

군기를 나눠 들었다


26일, 날씨는 어제와 같았다

제주를 비롯한 호남 전역에서

동학 농민군이 모여들었다

이제 무엇이 두려울 것인가


* 『홍재일기』는 부안군 주산면 홍해 마을에 살던 기행현이 1866년부터
1911년까지 45년 동안 쓴 일기. 1894년 동학농민혁명사의 좋은 자료다.

말목 장터에 모여 앉아
꽁보리 주먹밥을 나눠 먹었다

27일, 오후에 남풍이 불었다
어제 백산으로 진을 옮긴 동학군이
우리 마을로 든다고 했다
나는 죽창 대신 붓을 들어 일기에 적었다

대낮인데도 앞이 보이지 않던
이 나라, 동학은 횃불이었다.

# 배들평야
## ─동학농민혁명 4

고부와 태인, 물길이 만나는
만석보에서는 대숲 바람소리가
들린다 댓잎 속에는 바람들이
산다 서로 살 부딪치며
하늘 우러러 바람의 이름으로
산다 흔들리다가
가끔은 휘청이다가
끝내 꺾이지 않고 다시 일어서는
저 푸르른 절개
비어 있음으로 더욱 큰
자유의 몸짓으로 우뚝 서 있는
대나무들의 합창
우수수 대숲 바람이 분다
푸른 댓잎들 향기가 되어
어깨 부비며 살아가라고
온몸으로 보여 주고 있다.

# 농민은 칼이다
## —동학농민혁명 5

풀은 낮게 엎드려 살아가기에

이름이 없다 아무리

이름을 불러 봐도 소리가 없다

풀의 이름으로 살아가는

무명 동학농민군들은

칼을 뒤집어 쓴 풀이다

손톱으로 뜯기고 구두발로 밟혀도

끝내 뿌리까지 내주지는 않는

높푸른 칼날이다 봄이면

우우우, 소리치며 일어나

어깨동무하는 조선의 들녘이다.

# 민달팽이
—동학농민혁명 6


그래 가자 맨몸으로라도 가자
땅 내음이 이끄는 대로 가자


더듬이 하나로 꽃 피고 지는 소리
더듬으며 가자 온종일 가도


제자리 같은 길이지만
끝까지 가자 백성의 이름으로
태어난 몸뚱어리


천 길 낭떠러지 길이면
어떠랴 혓바닥으로 핥으며
아직은 살아 있다고 노래하며 가자


이슬 한 모금에 타는 가슴 적시며
가자, 백성의 이름으로  낮게 엎드려.

# 대숲
## ─동학농민혁명 7

시퍼런 조선낫에 비친
대나무는 성인의 얼굴이다
조용히 눈 감고
조선낫을 받아 삼키는
성자의 모습이다
검푸른 대나무의 벗겨진 속살
눈물보다 더 맑다
죽창으로 쓰이는 일은
부끄러운 일이 아니라며
나라를 넘보는 놈들로부터 지키겠다고
곧게 곧게 자란다
비워야만 곧게 선다며
회초리 같은 말씀
주절주절 읊조리고 있다
속 다 비워 놓고.

# 황토현

—동학농민혁명 8

부끄럽구나 부끄러워

너희들과 살 부비며

이웃이라고 살아온 것이 어리석었다

내 눈, 내가 찌르며

너희들과 살지 않겠다고 다짐한다

한 줌도 되지 않는

너희들의 이름

우리의 적이라는 것을 알았다

이제 알곡 한 톨조차

내줄 수 없다는 것을 깨달았다

황토현에서 너희들 이름을

몽땅 불살라 버리고

만세 삼창 외치어 본다

들불처럼 일어나

저들의 가슴에 죽창을 꽂아

흐르는 피로

들판에 얼룩진 눈물을 씻어 내자

소리 높여 죽창가를 불러 보자
우리가 그리는 나라를 위해.

# 전주성
## —동학농민혁명 9

넘어야 할 산이었다

아니, 건너야 할 강이었다

전주성이 내려다보이는

용머리 고개에 올라

함께 지른 동학 농민군의 함성

기어코 전주성을 넘었다

서문과 남문이 무너지고

감영군들 관복과 총포

다 버리고 달아난 자리

그대, 보았는가 펄럭이는 황토 빛 깃발을

그대, 들었는가 서로 부둥켜안고

한양으로 가자고 외치던 목소리를

이젠 한 발자국도

물러서지 않으리라

단 하루를 살아도

주인으로 살다 가는 길이라면

무엇이 두려우랴

이대로 죽으면

내 나라 내 땅에 묻히는 것을.

# 그리운 집강소
―동학농민혁명 10

하늘이 내는 일 곧 사람이지 않던가

하늘이 사람이고, 사람이 하늘이어야 하는데

어찌 양반과 천민이 따로 있단 말인가

손바닥만 한 밭 한 뙈기 빌려

허리가 부러져라 일해도

가난은 왜 자꾸 칡덩굴처럼 죄어오는가

오를 수 없는 신분의 벽

넘을 수 없는 적서의 담

허물고 깨부수어야 한다

다시 나라의 기둥이 되는

강(綱)을 모아야 한다

나라를 바로 세워야 한다

똑같이 토지를 나누고

빚이란 빚 모두 탕감하고

노비 문서 훨훨 불살라

누구나 똑같은 나라를

사람이 하늘인 나라를 만들어야 한다

고을마다 휘날리는 집강소 깃발 아래 모여
어깨춤 덩실대며 날아올라야 한다
사람이 곧 하늘인 나라를 세워야 한다.

# 삼례봉기
—동학농민혁명 11

나라를 지켜 주겠다고 한다
우리의 땅과 백성들과 나라님까지
지켜 주겠다고 하며
캄캄한 밤중 경복궁 담을 넘어와
근정전 앞에 총칼로 떡 버티고 선
너희들 왜놈들은 누구인가

마귀 같은 손을 뻗어
국권을 노략질하는 너희들 왜놈들을 두고
어찌 우리가 살아 갈 수 있는가
호남의 관문 삼례에서
일제히 들고 일어난 동학 농민군들
짚신발로 몇 날 며칠을 달려와
보국안민을 외쳐댄다

양의 탈을 쓴 제국주의 일본
당장 물러가라고

척양 척왜 목이 터져라 외쳐댄다

양의 탈을 쓴 제국주의 일본은 가라

소리치며 풍장치며

가자 우리 다 같이 공주성으로, 서울로.

# 우금치 전투
—동학농민혁명 12

저 고개만 넘으면 한양 땅에 이른다지요
혁명이 무엇인지도 모르는
동학의 농민들 머리띠를 두르고
우금치 고개만 넘으면 된다지요
한울님 모시고 조화세계를
영원히 잊지 않는다면
천하만사를 꿰뚫을 수 있게 된다지요
시천주조화정 영세불망만사지
이 13자 주문 외치면 된다지요
제 나라, 제 백성도 모르고
총구를 겨누던 관군들을 향해
불나방처럼 뛰어들기만 하면 된다지요
조선 땅에 태어난 울분 마음껏 터뜨리며.

# 김낙철
—동학농민혁명 13


동학은 하나의 바람이다
조선 팔도를 휘감고 부는
뜨거운 혁명의 바람이다


도탄에 빠진 백성들
내 나라, 내 땅에서
새로운 세상 열자는데
어찌 남녀노소가 있단 말인가


자랑스러운 부안 땅
젊은 양반, 지주 김낙철
그 뜨거운 피로
수천의 동학 농민군을 이끌고
대접주로 우뚝 일어났어라


서면 백산이요, 앉으면 죽산이라는
백산 꼭대기에 올라
수탈과 차별 없는 세상에서

살자고 외치던

그날의 함성 소리 들려온다.

# 김기병
## —동학농민혁명 14

동학은 꽃이었다

역사의 나뭇가지 위에 피어난

지지 않는 꽃이었다

몇 백 년을 두고

마침내 피어 올린 조선의 꽃이었다

기우는 나라를 일으키는데

농민이면 어떻고, 천민이면 어떠리

일본군 몰아내고

나라 일으켜 세워야 한다며

괭이, 쟁기 내던지고

어둠을 틈 타 변산 해창의 무기고 털어

부안 관아를 손에 넣었어라

우금치 전투에서

형장의 이슬로 사라진

우제 김기병 선생이여

다시 꽃으로 피어난

당신은 천년만년

지지 않는 녹두꽃이어라.

# 김수병
―동학농민혁명 15


붙잡는 사람도 없었다
갈아엎어야 한다고 외쳐도
말리는 사람도 없었다
서얼 적서도 없는
그런 대동의 나라를 꿈꾸며
일어선 것이 어찌 죄가 된단 말인가
동학이 들불처럼 일어나자
그 누구보다 먼저
도망치던 양반네들
다시 돌아와 동학쟁이라고 밀고해
고목나무에 꽁꽁 묶어놓고
불 질러 버린 내력을 아는가
이름은 있어도
호적에 오르지 못했던
무명의 동학농민혁명군이여
우리 이렇게 하늘 쳐다보고
통곡하며 부르노라

다시 일어나 돌아오라고.

# 손상옥
## —동학농민혁명 16

도포자락 붙잡으며 매달리기라도 해볼 것을

눈도 떼지 못한 젖먹이 안고

목울음 삼키며 애원이나 해볼 것을

우리 님, 제 나라 백성을

적이라고 부르는 나라에서

더는 살 수 없다고 우리 님 일어설 때

함께 따라 나설 것을

섬진강 전투에서 수백 명이 죽었다기에

젖먹이 업고 달려가 보았지요

흙 범벅이 된 시신들

장마철 수박덩이처럼 나뒹굴고 있었지요

얼굴로는 도저히 알 수 없어

찢어진 옷고름 꿰맨 바느질 자국으로

알아보았던 우리 님, 그 고운 님 구덩이 파

석유 뿌려 불 질러 버렸지요.

유골조차 거두지 못해 가슴속에 옮겨 심었지요.

# 정일서

—동학농민혁명 17

고부군 수금리에 살았다는
천석꾼의 집을 아시나요
장대한 기골에
천문까지 볼 줄 알았지만
조병갑의 수탈 견디다 못해
옥사를 부수고
빈민들에게 곡식을
나누어 주었다는 정일서를 아시나요
김제, 고부, 정읍 내려다보이는
백산에 올랐다지요
삼남을 지키기 위해
보리 주먹밥 끼니 이으며
밤낮없이 백산에 올랐다지요
공주 우금치 전투에서
그만 돌아섰다지요
경남 합천 땅에 숨어
이화선으로 개명해 살아야 했던

동학의 이름으로 살 수 없는

이 나라를 떠나지 못하고.

# 김덕명
## —동학농민혁명 18

죽어서 떠오른 별이 있다

동학 농민군 김덕명

그는 낮에도 빛나는 별이었다

뙤약볕 아래 피사리하다

더 이상 견딜 수 없다고

우리 김덕명이 모악산 기상을 닮아

전주성으로 와와 달려가

혁명의 횃불 높이 치켜들었다

가자, 이대로 돌아가면

땅 한 조각 구경할 수 없다고

탐관과 외세 몰아내자던

우리 덕명이, 총구에선

화약 연기 짙게 피어나는데

우금치 끝내 넘지 못하고

민중의 별이 된 그를

지금 우리 기억하고 있는가.

# 최경선
## —동학농민혁명 19

회오리처럼 불어 닥친

서학이라는 학문은

양의 탈을 쓴 총칼이었다

닥치는 대로 무릎 꿇리는

무례의 얼굴이었다

눈에 보이는 것은 모두 뺏어가는

오랑캐의 발톱이었다

그들의 탈 벗겨내고

감춘 발톱을 뽑아버리자고

희미한 송진 등불 아래에서

사발통문을 썼다

삼남의 동학교도들이여

더 이상 물러설 곳은 없다

앞으로 나아가는 길만이

옳은 길이다 그는 밤을 새워

거사의 그날을 위해

먹 갈아 일필휘지로

사발통문을 썼다 농민이
주인인 나라를 세우기 위해
서른일곱 나이 당당히 바치고
역사 속에 피어난 그 이름
최경선, 날이 갈수록 새로워라.

# 김개남
## —동학농민혁명 20


그대들은, 들어 보시라
사람이 곧 하늘이라고 소리치던
그 서슬 퍼런 목소리를

그대들은, 보시라
온갖 불의 앞에서 한 치도
물러설 수 없다고
날 세운 죽창으로
봉건사회 심장을 꿰뚫어 버린 것을

가시덤불 속에서
삭혀낸 인고의 세월
이글거리는 불꽃으로 일어나
농민들 번쩍 일으켜 세운
저 탱자같이 큰 눈동자
밤에도 눈 뜨고 있음을

그대들은, 진정 아시는가
남쪽으로 문 내고자 했던
올곧은 그 마음 하늘에 닿아
동곡리 동산에서
가을빛으로 타오르고 있음을.

# 동진강 푸른 꿈이 서해를 적시니

강민숙(시인, 문학박사)

## 1. 동진강 푸른 물결과 사람들

내 고향 동진강은 배들평야(梨平)를 적시는 강입니다. 계백장군 같은 아버지가 잉어와 메기를, 우리는 콩조개와 말조개를 잡던 생명의 강입니다.

어느 날 나는 서해로 흐르면서 왜 동진강이라고 했는지 의문을 가지게 되었습니다. 백제 땅을 적시며 흐르는 동진강은 동쪽 신라 땅에 미련이 있어 뒤돌아보느라 아주 천천히 흐릅니다. 아마 동진강은 백제의 꿈을 알고 있었나 봅니다.

일찍이 우리 민족을 동이족(東夷族)이라 일렀습니다. 우리 민족에게 동쪽은 해가 뜨는 신령한 곳, '새(新)'의 뜻과 함께 '근원(根源)'을 뜻합니다. 나의 어머니는 육남매를 키우며 자식들의 생일이 되면 해뜨기 전에 백설기 시루를 상에 올려놓고 동녘을 향해 무병장수를 기원하는 백살경문을 외셨습니다. 이렇게, 우리 부안 사람들은 동진강이 생명을 지켜주는 신령스러운 강으로 여겼습니다.

내게 부안은 생명이 태어나고 자라는 터전입니다. 이번 시집의 시에는 해 뜨는 아침이 있고, 소 몰고 돌아오는 저녁이 있습니다. 그 안에 나와 아버지가 있고, 부안 사람들의 삶이 담겨 있습니다.

제1부는 꿈을 안고 살아가는 부안 사람들의 이야기입니다. 고향의 언덕 찔레꽃 더미에서 아버지를 만납니다. 나는 아버지가 "돌무덤 곁에 아담한 집 한 채 짓고 오월이면 자식들 보겠다고 뛰어나와 서 계신다."라고 썼습니다. 찔레꽃이 된 아버지가 내게 말합니다. "비켜 앉아라. 가시에 찔릴라." 이어서 "핸드백에 작은 가위 하나 넣고 다녀라" 지금도 찔레꽃 아버지는 내 가위가 되겠다고 하십니다. 늦은 달밤까지요.

고향 친구 명자는 꽃 피는 봄이 올 때마다 「명자나무」가 되었습니다. 초등학교 시절, 명자의 얼굴에 늘 그늘이 드리워져 있었습니다. 모르긴 해도 가난이 얼굴을 그늘지게 만들었나 봅니다. 그 시절에는 너나없이 가난했지만 명자네 집은 더 지독하게 가난하여 명자는 "초등학교 졸업식이 끝나자/공장 아저씨의 손에 이끌려/줄 끊어진 연처럼 아득히 멀어져 갔습니다." 그런 명자가 제 나름대로 성공스토리를 일구어 빨간 립스틱 짙게 바르고, 가슴골까지 패인 블라우스를 입고, "나도 검정고시로 고등학교까지 졸업했다"고 수줍게 자랑했습니다. 그런데 도시의 어떤 약삭빠른 놈이 명자의 코를 베어먹고 달아나는 바람에 그만 실성하고 말았습니다. 명자는 비정한 산업사회에 떠밀려 끝내 명자나무의 '붉은 꽃'이 되었습니다. 어차피 우리네 삶이 만만치 않은데, 왜 동진강처럼 뒤돌아보며 천천히 흘러갈 생각을 못했을까요.

이렇게, 동진강 푸른 물결에 실려 서로 사랑하고, 미워하고, 또 원망하며 살아가는 고향 사람들의 이야기입니다.

한반도에는 나루 진(津) 자를 쓰는 강이 4개가 있습니다. 동진강(東津江) 임진강 (臨津江) 섬진강(蟾津江) 장진강(長津江)인데, 그중에 동진강 강나루에는 넓은 들에서 나오는 곡식을 가득 실은 배가 한양 양반들의 배를 불리기 위해 쉼 없이 오갔습니다. 민초들의 피와 땀이 밴 곡식을 수탈해가는 역사의 강이었습니다. 「동진강은 알고 있다」를 보겠습니다.

　

　　뒤돌아보며 흐르는 강이 있다

　　이것은 아니라며

　　안으로 흐느끼며 흐르는 강이 있다

　　백제가 지나간 땅

그 넓은 들을 눈물로 적시며

서해로 흐르는 강이 있다

나라가 나누어지면

백성도 나누어진다는 것을

동진강은 알고 있다

천년을 두드려도 길을 열어줄 수 없다고

버티고 선 저 노령산맥 뒤로

살짝 뒷걸음질을 쳐

동쪽으로 흐르고 싶은 강이 있다

동으로 흘러, 신라의 땅 낙동강과

손잡고 싶은 강이 있다

함께 얼싸안고 춤추며

춘추와 계백, 소정방도

이제는 다 부질없다고

아쉬움으로 흘러가는 강이 있다

제 이름 지우지 못하고.

—「동진강은 알고 있다」 전문


## 2. 곰소에 피어나는 하얀 소금 꽃


제2부는 부안의 바닷가 풍경과 바다 이야기입니다.

부안에는 맛, 풍경, 이야기 세 가지가 있어서 '변산삼

락(邊山三樂)'이라 했습니다. 내 고향 변산에는 깊고 울창한 숲이 있어 땔감이 풍부하고, 호남평야 끄트머리에 맞닿은 내륙지역에는 곡식이 풍성하여 '하늘의 곳간'이라 했습니다.

영조 임금이 조선 팔도를 둘러보고 돌아온 암행어사 박문수에게 "조선에서 가장 살기 좋은 곳이 어디냐"고 물었습니다. 박문수가 "산과 들 바다가 어우러진 전라도 부안의 변산반도는 예로부터 어염시초(魚鹽柴草)가 풍부해서 '하늘의 곳간'이며, 시인묵객과 선비들의 발길이 끊이지 않는 땅이니 생거부안(生居扶安)이라 이를 만합니다."라고 아뢰었더랍니다.

곰소의 볕과 바람이 좋은 날, 드넓은 염전에선 뭉게구름 같은 하얀 소금 꽃이 만발하고, 칠산어장에서 잡아올린 새우와 멸치, 밴댕이, 까나리는 곰소 염전에서 정제한 천일염으로 절여져 깊은 맛의 젓갈이 되기 위해 곰삭아 갑니다. 변산반도 백사장의 눈부신 풍광이 하얀 소금 꽃과 어우러져 더없이 아름답습니다. 그러니 각별히 눈 둘 곳이 어디냐 하는 질문은 부질없습니다. 왜냐하면 격포에서 곰소에 이르는 해변 길 어디서든 서해 바다로 떨어지는 황홀한 노을을 볼 수 있으니 빼어난 경치가 따로 없다는 뜻입니다.

줄포 생태 공원에선 천혜의 자연을, 청자 가마터에선

신비스러운 쪽빛 청자를 만날 수 있습니다.

먼바다 위도에선 구성진 띠뱃놀이 가락이 울려 퍼지고, 채석강에선 수만 권의 책에 담긴 사연을 듣는 즐거움이 있습니다. 조선 중기 비운의 혁명가 허균의 소설 『홍길동전』에 등장하는 지상 낙원 율도국은 위도가 배경이 되었고, 시인 이매창(李梅窓)과의 동짓날 밤 긴 사랑 이야기도 애틋하게 서려 있습니다.

원래 위도는 생김새가 고슴도치를 닮았다 하여 위도(蝟島)라 했습니다. 위도에는 효녀 심청이의 '인당수' 전설이 전해 내려오고 있습니다. 특히 위도의 용머리 해안은 깨끗하고 투명한 쪽빛 바다와 어우러져 멋진 풍광을 빚어내, 이곳이 서해인가 싶을 정도로 짙푸른 동해 바다 색을 닮았습니다. 위도 해수욕장과 가까운 동산에는 세계에서 유일한, 하얀 꽃을 피우는 '위도 상사화'가 군락을 이루고 있습니다. 위도와 영광 앞바다 사이 칠산 어장은 황금 어장으로 유명한 곳입니다. 조기 떼가 몰려들어 조기 울음이 칠산 바다를 덮을 때면 어선들과 장사꾼들이 칠산 어시장의 중심지인 위도로 몰려들었습니다. 조기잡이가 한창이던 시절에는 파장금항에 파시(波市)가 성황을 이뤘고, 풍어굿이 벌어지면 수많은 배들이 대리 앞 바다에 모여 들었습니다. 위도 띠뱃놀이는 원래 대리 마을의 평안과 풍어를 기원하던 굿인데, 매년 음력 정월 초사흗날 정기적으로 제를 지냅니다. 용왕굿을 할 때 띠배를 띄워 보내기 때문에 띠뱃놀이라 불렸고, 소원을 빌기 위해 세운 원당에서 굿을 해서 대리 원당제라고도 했습니다. 위도 띠뱃놀이는 전국 민속예술경연대회 때 붙여진 이름입니다.

띠뱃놀이는 수호신을 모신 원당에 올라가 제물을 차리고 굿을 한 뒤 마을로 내려와 마을의 산을 돌고 바닷가에서 용왕굿을 함으로써 굿의 공간이 산과 마을, 바다로 이어집니다. 뱃노래와 술과 춤이 한바탕 어우러지는 마을 축제입니다.


### 3. 부안의 명승지, 지친 몸과 마음의 쉼터

부안 곳곳이 청정의 쉼터입니다. 부안의 마실길은 꿈에라도 걷고 싶은 길입니다. 파도 소리를 따라 걷다 보면 변산 해변의 절경을 빚어내는 적벽강을 만나게 됩니다. 해 질 녘이 되면 바위가 붉은색으로 물들어 보는 이로 하여금 청춘으로 되돌아 갈 것 같은 황홀경에 빠져들게 합니다. 월명암 낙조대에서 보는 낙조는 마지막 정열을 불태우듯 온 바다를 진홍빛으로 물들여 남은 인생을 어떻게 살아야 할 지 돌아보게 합니다. 월명암에 뜨는 달은 그냥 달이 아닙니다. 달빛의 신비함과 도량의

넉넉한 기운으로 지친 몸과 마음을 헹궈내게 합니다. 시 「내소사에 가면」「개암사」「성황사」는 '자기 뒤돌아보기' 의 시들입니다. 눈부신 날도, 억척스럽던 날들도 한낱 깃털처럼 가벼운 꿈이 됩니다. 왜소하고 초라해진 나와 마주하게 합니다. 「고향 3 -기도」입니다.

지나온 사연, 지나온 얘기

발자국으로 쌓여

산이 된다는 생각이어라

땀방울이 모여

강이 된다는 생각이어라

그저 가만히 앉아

귀로만 듣는 이야기가 아니라

뜀박질로 달려가 캐낸

바지락 같은 숨소리이고

푸른 등 펄떡이는

전어 같은 추억이어라

변산에서 새만금까지

곰소에서 직소까지

어디 하나 숨결이 끊이지 않는

곰삭은 젓갈 내음

정에 푹푹 익고 익어

흥건히 젖어 들어라

새만금이 억만금 될 때까지.

─「기도─고향 3」, 전문


### 4. 부안 백산 동학농민혁명사


백산은 초·중고등학교 시절 단골 소풍 장소이자, 친한 친구들과 어울려 사진 찍으러 갔던 야트막한 민둥산이었습니다. 나는 백산의 흙과 바람 속에서 자랐기 때문에 자연스럽게 동학농민혁명사에 눈뜨게 되었고, 백산대회의 역사적인 현장에 대해 알게 되었습니다.

부안에 동학이 들어온 것은 1890년 6월, 쟁갈 마을 출신 김낙철 김낙봉 형제가 동학에 입도하면서입니다. 이듬해 3월에는 인근 고을에 김낙철 형제를 따르는 동학 교도 숫자가 수만에 이르렀습니다. 김낙철은 부안 동학 교도를 이끌고 삼례취회에 참여했고, 도도집(都都執)의 직책으로 수백 명의 교도를 이끌고 상경하여 광화문복합상소에 함께 하고 연이어 보은취회에 참여합니다.

앞에서 언급한대로 동진강은 배들평야를 적시는 젖줄입니다. 동진강에는 원래 보가 있었는데, 고부 군수 조병갑이 농민들을 강제로 동원하여 새로운 보를 쌓고 물세를 거둬들였습니다. 이 같은 조병갑의 수탈에 분노한

농민들이 들고 일어나 새 만석보를 헐어버리고 조병갑을 징치하면서 동학농민혁명의 횃불이 타올랐습니다. 그리고 무장을 거쳐 3월 26일 부안 백산으로 이동하여 진을 쳤습니다. 백산은 예로부터 '만 백성을 살릴 수 있는 땅'이라 했습니다.

동학농민군이 백산에 진을 치고 있을 때, 날마다 사방에서 동학농민군이 몰려와 군세는 1만에 이르러 "서면 백산 앉으면 죽산"이라는 말이 나올 정도였습니다. 동학 지도부는 '호남창의대장소'를 설치하고 군제로 편성합니다. 전라도를 비롯한 전국에 격문을 보내 백성들의 총궐기를 촉구합니다. 외세의 침략을 막고, 봉건주의 타파를 촉구하는 「격문」과 「4대 명의」, 「12대조 기율」을 선포합니다. 백산대회는 최초로 동학농민군 조직 체계를 갖추고 강령을 제시한, 명실상부한 동학농민혁명의 시작점이 되었습니다.

백산을 떠난 동학농민군은 4월 7일 정읍 황토현에서 전라 감영군을 격파하고, 4월 23일 장성 황룡강 전투에서는 중앙 관군을 물리칩니다. 4월 27일, 동학농민군은 파죽지세로 전주성을 점령합니다. 이에 놀란 무능한 조정에서는 제 백성을 죽이자고 청나라 군사를 불러들였고, 이를 빌미로 일본군이 조선에 상륙하여 이 땅에서 청일 전쟁이 발발합니다. 이에 동학 지도부는 전주화약을 맺고, 전라도 전역에 집강소를 설치하게 됩니다. 이때 부안에서는 김낙철 김낙봉 형제가 송정과 줄포에 동학도소를 설치했습니다.

청일전쟁에서 승리한 일본군은 조선 침략 단계로 진입하여 경복궁을 침탈합니다. 사실상 조선을 점령한 것입니다. 이에 동학지도부는 9월 18일에 재봉기를 선언합니다. 이 시기에 부안 동학농민군은 재 기포하여 전봉준 군에 합류, 공주 우금치전투를 치르고 돌아와 관군과 일본군 민보군의 가혹한 토벌로 부안 도처에서 처형됩니다. 김낙철 낙봉 형제는 나주에 끌려갔다가 처형 직전에 제주 사람들의 탄원으로 살아나 서울로 압송됐습니다. 서울에서는 전 군수 이철화의 구명운동으로 다시 처형을 면했습니다.

이런 동학농민혁명사를 형상화하고, 무명 동학농민군의 행적을 좇았습니다.

이름은 있어도
호적에 오르지 못했던
무명의 동학농민혁명군이여
우리 이렇게 하늘 쳐다보고
통곡하며 부르노라

다시 일어나 돌아오라고.

—「김수병─동학농민 15」, 부분

세상에서 냉대를 받던 무명의 동학농민군이 기울어진 나라를 일으켜 세우기 위해 기꺼이 목숨을 바치게 됩니다. 다음 시는 무명 동학농민군 집단 학살의 희생을 기리는 추모시입니다.


흙 범벅이 된 시신들

장마철 수박덩이처럼 나뒹굴고 있었지요

얼굴로는 도저히 알 수 없어

찢어진 옷고름 꿰맨 바느질 자국으로

알아보았던 우리 님, 그 고운 님 구덩이 파

석유 뿌려 불 질러 버렸지요.

유골조차 거두지 못해 가슴속에 옮겨 심었지요

—「손상옥─동학농민 16」, 부분

1894년 동학농민혁명 시기에 조선 곳곳에서 산화한 꽃다운 영령들이 30만 여 명에 이른다고 합니다. 부안에서 확인한 희생자는 6명에 불과하고, 숫자로 드러난 36명을 제외한 희생자는 아직 파악하지 못하고 있습니다.

## 5. 동진강 푸른 꿈이 서해를 적시니

동진강은 정읍과 태인에서 흐르는 물줄기와 합류하여 부안을 느리게 흘러 서해 바다에 꿈을 펼쳐놓습니다. 지인들은 나를 동진강 시인이라고 부릅니다. 내가 서울에 살든, 해외로 나가 여행을 하든 부안의 반짝이는 햇살과 밤하늘에서 쏟아지는 별빛을 그리워하고 사랑합니다. 내 고향의 흙과 동진강의 물길은 내 시의 살과 피를 만들었고, 동진강의 출렁이는 물결은 내 시의 맥박입니다. 그러기에 부안은 내 의식 깊은 곳에 자리 잡고 있다가 창작의 매 순간마다 의식적이든 무의식적이든 발현하여 심상과 리듬을 이끌어 가는 시의 원천이자 동력입니다.

그렇지만 부안이 그대로 간직돼야 한다는 뜻이 아닙니다. 정지되어 있는 것이 아니라 변화하고 발전돼야 합니다. 조상 대대로 간직해온 동진강의 꿈과 염원, 천혜의 서해 바다 풍광을 지켜내면서도 새롭게 발전하는 개발 콘텐츠를 찾아야 한다고 생각합니다. 언제부터인가 나는 서울에 살면서도 부안의 발전에 관심을 가졌고, 내게 걸맞는 역할을 찾기도 했습니다.

그중 하나가 동학농민혁명 백산대회 성지화 사업입니다. 부안의 동학농민혁명사적을 중심으로 동학농민군의 염원을 담아내는 기념관 건립이 본격화돼야 합니다. 동학농민혁명 희생자의 업적을 기리고, 원혼을 불러내 '영원의 불꽃'으로 밝혀야 합니다. 이는 이 땅을 지켜낸 조상에 대한 우리의 소명이 아닐까요.

# 나의 새, 나의 시

새를 그리고 싶었다.
아니, 꿈을 그리고 싶었는지도 모른다
아무리 보아도
내가 그린 것은 새도 꿈도 아니었다

사람들은 내 그림을 보고
새를 닮은 나무라고 했다
나는 내 그림이 미워
찢어 버리고 싶었지만 그럴 용기가 나지 않아
다시 마음 고쳐먹고 새 그리는 일을 계속했다

그러나 새를 그리면 그릴수록
나무 그림만 더 늘어났다
이제 다 던져 버리고 새 그리기를
그만두고 그냥 살기로 했다

한동안 내가 그림을 그렸다는 사실조차도

잊어버리고 그렇게 살았다

그러던 어느 날 방안에서 새소리가 들렸다

내가 그린 나무가 자라
숲이 되어 새소리가 들린 것이다
그 숲에서 불면의 밤으로 그려낸
내 시편들 새가 되어 노래하고 있다.

2021년 9월

줄포, 아로마에서 강민숙

**실천문학 시집**
## 채석강을 읽다

2021년 9월 30일 1판 1쇄 인쇄
2021년 9월 30일 1판 1쇄 펴냄

지은이      강민숙
펴낸이      윤한룡
편집        신한선
디자인      윤려하
관리·영업   이소연

펴낸곳      (주)실천문학
등록        10-1221호(1995.10.26)
주소        남양주시 퇴계원읍 퇴계원로 52 405호
전화        02-322-2161~3
팩스        02-322-2166
홈페이지    www.silcheon.com

ⓒ 강민숙, 2021

ISBN 978-89-392-3086-6 03810